CONFISSÃO

Cláudia Lucas Chéu

CONFISSÃO

Copyright © 2022 Cláudia Lucas Chéu
Confissão © Editora Reformatório

Copyright © 2020 por Cláudia Lucas Chéu
Publicado originalmente em 2020 pela Companhia das Ilhas, Lda.,
Lajes do Pico, Açores, Portugal

Editor
Marcelo Nocelli

Revisão
Ana Lorena Ramalho
Rennan Martens

Imagem de capa
Petekarici/iStockphoto

Design e editoração eletrônica
Negrito Produção Editorial

Dados Internacionais de Catalogação na Publicação (CIP)
Bibliotecária Juliana Farias Motta (CRB 7/5880)

Chéu, Cláudia Lucas, 1978-
  Confissão / Cláudia Lucas Chéu. – São Paulo: Reformatório, 2022.
  48 p.: 14 x 21 cm

  ISBN 978-65-88091-47-0

  1. Poemas em prosa. I. Título.
C526c   CDD B869.1

Índices para catálogo sistemático:
1. Poemas em prosa
2. Literatura portuguesa

Todos os direitos desta edição reservados à:

EDITORA REFORMATÓRIO
www.reformatorio.com.br

Ao Tó e à Pita — os meus pais.

*(...) e eu, no meu corpo recém-estreado,
que ainda não era o de uma mulher,
dizia às estrelas as minhas perguntas
e pensava que Deus poderia mesmo ver
o calor e a luz pintada,
cotovelos, joelhos, sonhos, boa noite.*

Anne Sexton

Na casa onde vivíamos,
as paredes grossas estavam cobertas por uma película de bolor
e das inúmeras fendas saíam pequenos tufos de ervas,
dando-lhes a aparência de jardim vertical abandalhado.
No interior, fazia tanto frio no Inverno
que soltávamos vapor pela boca ao falarmos durante o jantar.
Nunca tirávamos os casacos dentro de casa,
e era um verdadeiro suplício nos dias de banho ter de trocar de roupa.
É um exagero chamar casa a duas divisões frigoríficas,
mais um género de casa de banho inventada.
Não se podia dar mais de quatro passos sem
embater na bancada da cozinha.
A casa de banho, medida num generoso passo e meio de criança,
continha um lavatório e, por cima deste,
um espelho hexagonal sem moldura, enferrujado nos cantos,
mais uma retrete branca com um tampo preto de plástico.
A divisão sanitária improvisada encontrava-se separada da cozinha
pela cortina translúcida de *nylon* branca, suspensa por argolas no varão,
ambos em plástico também. Eu gostava daquela casa.
Só tive noção de que não era adequada às nossas necessidades
por ver e ouvir o choro regular da mãe,
num queixume de insolúvel desgraça.

O meu nome é Claudia, sem acento,
graças à revista de decoração homónima que a mãe
compra todos os meses na papelaria.
É uma publicação importada do Brasil.
Apesar de ser cara e de não termos dinheiro de sobra
nem uma casa que se possa decorar
nem a mãe vontade ou gosto em fazê-lo,
parece dar-lhe prazer folhear a revista com a
mente ensopada em ansiolíticos.
Fá-la mergulhar no lar ideal.
Nos anos 70, década em que nasci, a Claudia era um sucesso em Portugal.
Quanto mais distantes da realidade de beleza e perfeição no lar
nos encontrássemos, mais sonho parecia trazer-nos.
Chamam-me Claudia e durmo num divã na cozinha.

A nossa casa só tem duas divisões e meia — sala, cozinha e o WC mínimo.
O pai e a mãe dormem na sala no sofá-cama, que foi antes da tia Luísa,
a irmã mais velha da mãe,
porque são dois e precisam de mais espaço,
e eu fico no divã — sou pequena, caibo perfeitamente.
Durmo com a cabeça mesmo rente à porta do frigorífico.
A cozinha não tem largura suficiente,
teve de colocar-se o divã com os pés voltados para a porta,
o que, segundo a mãe, "dá pouca sorte". Por sorte, não sou supersticiosa.
Era isso ou dormir com a cabeça encostada à porta da rua,
mas por estar mal isolada sente-se o frio e o vento vindos de fora.
Ficar com a cabeça junto ao frigorífico tornou-se a única possibilidade.
Às vezes, acordo de noite quando o motor muda de frequência.
Também desperto no escuro por outro motivo.

Não interessa, agora.
De resto, não me queixo — dorme-se bem no divã.

Quando nasci, a mãe ficou doente da cabeça.
Apesar dos medicamentos que avia na farmácia, continua a chorar bastante.
Digo-lhe que um dia vai passar e vai tornar-se alegre.
Acredito que sim, ninguém pode ser triste para sempre.

A mãe só trabalha três horas por dia, não consegue concentrar-se mais.
Limpa os escritórios da direcção da Junta Autónoma de Estradas
— sacode o pó, despeja os caixotes de lixo
e aspira quilómetros de corredores alcatifados.
Às vezes leva-me com ela mas é raro.
Fico com a tia Victória numa casa a sério,
com várias divisões muito asseadas.
O *part-time* da mãe é à tarde, depois dos directores da empresa saírem,
e eu só tenho aulas de manhã; a mãe podia levar-me sempre consigo,
porém diz que lhe atrapalho o serviço.
Nos escritórios há computadores e máquinas de escrever,
posso brincar às escritoras.
Escrever num caderno em casa da tia Vitória não tem graça.
Como não há mais ninguém no escritório, tirando o pessoal da limpeza,
brinco no gabinete presidencial onde está a
máquina de escrever com cinco pisos,
e ponho-me a dactilografar histórias inventadas
com a promessa de não estragar as teclas.
A mãe é a melhor da empresa a limpar,
por isso é que foi promovida à área presidencial.
Queriam a melhor funcionária para limpar o gabinete da Presidência.

Tenho orgulho na mãe,
pena não cuidar tão bem da nossa casa como dos
escritórios dos engenheiros e doutores.

A nossa casa nem sempre cheira bem.
A mãe não tem culpa, está doente e não consegue fazer melhor.
Sou eu que a acompanho à médica psiquiatra da Caixa uma vez por mês.
Fico na sala de espera, sentada e quieta. Tento não existir.
Há sempre muitos pacientes à espera de consulta, talvez por ser gratuita.
A mãe diz que o que não falta são malucos, que ninguém é normal,
só que algumas pessoas conseguem disfarçar melhor.
Tenho medo dos doentes na sala de espera.
Têm um ar esquisito — olhos que piscam demasiado
ou que simplesmente parecem vazios, como se não estivessem ali.
Não há nada de suave nos seus rostos.
Raramente desvio os olhos da parede bege da sala de espera,
receio que entre no meu campo de visão algum dos malucos.
A médica da cabeça chama os pacientes pelo altifalante — nome e apelido.
A voz dela é grave. Imagino-a alta, e fumadora como a mãe.
A mãe levanta-se da cadeira e dirige-se para o consultório.
Esquece-se de se despedir de mim.
Fica mais ansiosa nos dias em que tem de vir à consulta.
O altifalante permanece ligado, continua o som roufenho de interferência.
A médica cumprimenta a mãe e inicia a consulta, oiço através das colunas.
Tremo de medo. Levanto-me num salto,
procuro alguém,
uma enfermeira, algum médico,
ALGUÉM.
No corredor, uma pessoa de bata branca caminha devagar,
corro o mais rápido que posso.

— Por favor, diga à médica para desligar o altifalante,
a minha mãe vai contar a nossa vida em voz alta.
A nossa vida — disse.
As coisas que a mãe confessa à médica da cabeça.
Falará de mim, certamente.
Da minha responsabilidade pela sua doença, pela sua infelicidade.

Sei bem que não sou desejada.
Vejo com clareza que a mãe não gosta de mim como uma mãe
deve gostar de um filho, sem esforço.
A minha presença cansa-a muito,
simplesmente não é capaz de me mostrar amor. Se o sente, nunca vi.
Já me disse que não tem nem nunca teve vocação para mãe,
que engravidar foi uma coisa que o pai quis e ela fez-lhe a vontade.
Era muito nova, não pensou bem.
Aos dezoito anos não se pensa em condições.
Sabe que passaria bem sem ter tido filhos.
Não quero ouvir o que diz a mãe à médica
e, ainda por cima, ter de o descobrir em voz alta,
partilhando-o com um grupo de doentes da cabeça.
Já me basta saber o que sei, o que não queria.
Escolhia desconhecer que lhe deu para fumar depois de eu ter nascido.
Nunca larga o cigarrinho nem mesmo quando sai durante uma tempestade.

Os cigarros são indissociáveis da mãe, a extensão da sua mão direita.
O maço cinzento SG Ventil pousado em cima do frigorífico
é o *bibelot* mais imperativo da casa.
Se, por acaso, o maço se esgota antes de ir dormir,
acorda-me cedo para que vá buscar outro ao café.

Sem sequer dizer "bom dia", ordena que a
socorra da aflição da abstinência.
Diz que sou mais rápida por ter melhores pernas.
O que não deixa de ser verdade,
SOU CRIANÇA.
O senhor do café passa-me o maço para as mãos,
mesmo quando não levo dinheiro suficiente.
Sabe que a mãe voltará depois, mais tarde, para lhe saldar a dívida.
Já cheguei a ir buscar tabaco à mãe ainda de pijama,
só com um casaco por cima. Não gosto nada.
A mãe diz que ninguém liga porque sou
PEQUENA.
Quando volto com o tabaco a mãe já fechou o divã,
encostando-o à parede da cozinha. Cobre-o
com um pano azul muito mimoso.
Nunca lhe perguntei porque esconde o divã.

Ouvimos a Rádio Renascença enquanto o leite esquenta ao fogão.
NOS DIAS TODOS IGUAIS.
Papas de mel ao pequeno-almoço ao som do "Jogo da Mala",
apresentado pelo António Sala. Trata-se de um passatempo
para ouvintes que têm telefone. Nós não temos,
por isso não sei porque ouvimos o programa.
Quando alguém nos quer falar, liga à Adelaide —
a vizinha bêbeda, mãe do Bruno e do Agenor.
A única pessoa do pátio que nos disponibiliza o telefone.
A casa dela é bem pior que a nossa. A cozinha tem as paredes pretas,
queimadas, por causa de um descuido da Adelaide, mas têm telefone.

Troco roupa em apneia na sala, tento ser o mais rápida possível.
Ocorre-me que um dia posso entrar em hipotermia durante a mudança,
é indescritível o frio que se sente na nossa casa,
sobretudo pela manhã. Talvez os esquimós me pudessem entender.
A mãe fica particularmente irritadiça ao acordar.
Enerva-se por tudo e por nada.
Tento ser rápida e discreta, engulo as papas de mel de empreitada.
Bebo-as pela tigela e pronto.
Levanto-me da mesa, já de casaco vestido,
e ponho-me a caminho da escola.
Desde os sete que a mãe deixou de me acompanhar.
Levo o Bruno comigo, o filho mais velho da Adelaide,
que cheira sempre mal da boca e tem ar de atrasado.

Adormecia depressa, com o indicador espetado no ouvido direito
e uma almofada a cobrir-me a cabeça — não
queria ouvi-los a *fazerem aquilo*.
Tinha pavor dos sons grotescos, inenarráveis,
vindos do sofá-cama onde os meus pais deviam dormir
em vez de *fazerem aquilo*.
Muitas vezes atirei para trás do frigorífico
as embalagens de preservativos Durex,
que o pai trazia quando voltava das viagens de longo curso,
na esperança vã de escapar ao folclore nocturno entre os dois.
O pai, mal entrava em casa, tirava a embalagem lilás e rosa
do bolso do casaco e pousava-a no topo do electrodoméstico.
Certamente nunca lhe ocorreu que eu sabia do que se tratava.
E eu só tinha de a empurrar, quando nenhum dos dois estivesse a ver,
até ao buraco que ficava entre o frigorífico e a parede.
Fazia desaparecer o instrumento de tortura e, por momentos,

sentia-me aliviada, mas logo me crescia o remorso e a culpa
por estar a privá-los de algo que, ao contrário
de mim, parecia dar-lhes satisfação.
No entanto, nunca me valeu de nada esconder-lhes os preservativos.
Arranjavam sempre maneira de o fazer, sem eu saber como.
Segundo o meu primo Hugo, dois anos à minha frente,
aquilo era uma coisa indispensável
para os adultos, praticarem sexo sem terem filhos.
Não entendia porque não obtinha, então,
a única consequência aprazível do castigo
a que era sujeita noite após noite.
Porque não tinha ainda tido a felicidade de ter comigo
uma ou duas irmãs para partilhar o divã e as insónias causadas pelos pais?
Felizmente, nesta altura, o pai viajava muito.
E apesar de não me ver livre de outro tipo de tormentos pela parte da mãe,
pelo menos as noites eram santas,
podia dormir sem o dedo a tapar-me o ouvido e a audição.
Dormia bem. Tinha de aproveitar essas noites para descansar.
Quando o pai estava em casa, a tortura noctívaga era diária,
por terem apenas vinte e poucos anos
e estarem no auge da jovialidade.
O sexo era uma das poucas diversões que tinham.
Sendo tão pobres e tristes.

No início, quando os comecei a ouvir, não entendi.
A primeira vez que os escutei a *fazerem aquilo*,
pensei que o pai estava a maltratar a mãe.
Ouvia-a queixar-se de uma forma bizarra.
Senti-me enganada e assustada,
porque aos meus olhos o meu pai era um homem bom,

mas, naquele contexto, a fazer mal à mãe,
e ainda por cima durante a noite, só podia estar errada.
Não sei exactamente como concluí que *aquilo* era a tal coisa
que o meu primo Hugo me dissera — ter relações sexuais —,
e isso significava que o pai punha o pénis na vagina da mãe.
Pela primeira vez soube o que era o horror e chorei toda a noite,
bem baixinho, não queria que soubessem que os ouvira.
Aquilo era um segredo, uma cruz para carregar para a vida.
Jurei a mim própria nunca contar algo que me envergonhava tanto.
Também pensei que, tirando Jesus, ninguém sai vivo da cruz.

— Não faças tanto barulho a respirar, pareces um porco — diz-me a mãe,
enquanto acabo de comer as invariáveis papas com mel
e antes de me pôr a caminho da escola.
O Bruno sai de casa para vir comigo,
quase sempre sem tomar o pequeno-almoço.
A mãe dele não acorda a tempo de o ver sair para a escola.
As manhãs são o mais difícil para a Adelaide.
A ressaca não permite que seja mãe na alvorada;
não que exerça melhor o seu papel à tarde ou à noite,
mas quando está embriagada torna-se expansiva
e dá ideia de fazer algo pelos filhos.
A ressaca fá-la ficar fechada no quarto durante as manhãs,
no escuro. Por vezes, dias inteiros até o marido voltar a casa,
depois do trabalho. Quando acontece, a Adelaide leva porrada.
Chora alto, grita bastante e volta a embriagar-se.
Um círculo vicioso que não consegue interromper
por ser uma pessoa doente.
A mãe diz que a Adelaide está enferma como ela,
mas só que de maneira diferente.

No pátio moram várias famílias e alguns homens solitários.
Na primeira casa vive a Dona Conceição,
uma velhota, com a filha solteirona —
dizem que não pode ter filhos e por isso nunca arranjou marido.
Em frente moram a Ti Cacilda e o tio Manel,
que são da família da mãe. O Manel é irmão do meu avô.
Explicaram-me que esteve preso no tempo do Salazar
e que foi torturado pela PIDE.
Esteve muitos dias privado de sono,
por isso, quando foi libertado passou uma semana inteira a dormir,
com a Ti Cacilda a alimentá-lo através de sumos e batidos de fruta.
É a mulher mais asseada do pátio.
A casa deles cheira sempre a lavado, o que não espanta ninguém,
a Ti Cacilda passa o dia inteiro a limpar e a arrumar tudo.
Tem dias marcados para organizar as várias partes da casa
— uma habitação tão diminuta como a nossa,
em que um único pano bastaria para limpar a área total.
Ao lado desta, fica a casa da Adelaide.
Por cima, no 1.º andar,
vive o tio Zé, o irmão do tio Manel e do meu avô.
É um velho bêbedo bem-disposto,
que adora apanhar brinquedos no lixo e oferecer-mos.
A última coisa que me trouxe foi uma boneca encardida,
nua e com a cara riscada a marcador azul.
A mãe disse que podia ficar com ela, com a condição
de a esfregar muito bem com detergente.
Também me explicou que o tio Zé nem sempre foi um homem simpático,
quando era novo batia na mulher e nos filhos e ninguém gostava dele.
Depois da casa do tio Zé, fica a casa do Caranga.
Um homem assustador, acho que nunca ninguém no pátio lhe viu a cara.

Caminha curvado pelo corredor do pátio,
tem o cabelo escuro e comprido, empastado,
as roupas rotas e emporcalhadas,
e a casa dele é a mais pestilenta: os vidros da janela estão partidos,
do interior emana um odor demoníaco, e está empestada de pulgas e ratos.
Quando calha cruzar-me com ele no corredor, fujo.
É um homem medonho.
Tenho MEDO.

A seguir à casa do Caranga, a número 7, é a nossa.
As casas pertenceram em tempos à igreja do Pragal.
Tudo aqui se encontra em péssimas condições.
Muitos dos telhados têm telhas quebradas
e a maior parte do madeirame está podre,
à mercê da infiltração da água em Invernos sucessivos.
Dentro das habitações, alguns pedaços dos tectos desabaram,
como é o caso da casa do Caranga,
e outros encontram-se em perigo de derrocada.
A nossa casa, felizmente, está sólida e intacta.
Mas na casa do tio Zé, por exemplo, o soalho abriu um buraco enorme
e tiveram de pregar tábuas ao chão para o remendar.
O que pode parecer feio aos de fora, para nós é normal.

Gosto de viver no pátio.
Saltando o pequeno muro do largo da igreja,
encontra-se uma arriba altíssima com vista para a estrada,
as portagens e a Ponte 25 de Abril.
Um longo caminho pelo campo,
ladeado de hortas com frutas e legumes.
Há muito ar para encher os pulmões

e um caminho enorme de terra para correr
até dar medo de se estar demasiado longe.
Foi aqui que dei o primeiro beijo de língua ao Sérgio Beirão.
Tive sorte, é o rapaz mais bonito da escola — loiro, de olhos vivos e verdes,
dentes grandes, branquinhos, e um hálito perfumado, a doces.
Tem tido problemas de aprendizagem.
Não consegue concentrar-se na sala de aula,
muitas vezes não dorme de noite.
A mãe do Sérgio é prostituta e o pai é bêbedo,
gasta o dia entre a casa e a taberna, não trabalha sequer.
Quando na escola algum miúdo goza com a mãe do Sérgio,
ele cega e desata a bater com muita força na cabeça do trocista.
Tem de vir algum adulto agarrá-lo pelos pulsos
e ameaçar que vai fazer queixa ao pai, só assim o detém.
Depois dos ataques de fúria,
o Sérgio fica de castigo nas traseiras do edifício principal da escola,
debaixo das arcadas, encolhido e amuado.
Sei bem que se sente injustiçado, afinal não tem culpa
— da mãe ser como é.
Tenho pena mas por pouco tempo,
é que o Sérgio também me aleija.
É um bruto e não sabe perder à bola.
Quando fica em desvantagem, ataca sem piedade as canelas,
mesmo as das raparigas, não há cá diferenças.
Quem lhe tenta ganhar, apanha.

A professora Rosário, que mais parece uma bruxa do que uma educadora,
usa o método antigo para nos castigar. Começa pela privação de recreio
mas logo passa a outro tipo de penalização — a reguada. É verdade,
a professora diz que ainda não conseguiu desfazer-se do método antigo.

Apesar de ser proibido (a mãe explicou-me
que nos tempos que correm é ilegal),
a professora tem a régua escondida atrás do armário de ferro
e, quando é mesmo imperativo, diz ela,
vai buscá-la e aplica-a como corretivo.
É rara a semana em que o Sérgio
não leve meia dúzia de ripadas nas palmas das mãos.
Nunca chora. A cara dele fica vermelha como um tomate maduro.
DOR e RAIVA.

Há um método para aliviar o sofrimento causado pelas pancadas com régua
— agarrar com as duas mãos as pernas da escrivaninha,
que é de metal fresco, e arrefecer a zona maltratada.
As reguadas fazem ferver as mãos durante bastante tempo.
Um formigueiro com dor que dura vários minutos.
É difícil não chorar porque custa e é humilhante.
Também já tive a minha dose, mas, ao contrário do Sérgio,
não contive as lágrimas. Chorei e fiz queixa à mãe,
que jurou ir falar com a professora.
— Aquela gaja não te volta a bater, nunca lhe dei autorização.
Era o que mais faltava.

O meu encarregado de educação é o pai,
é ele quem assina os papéis que enviam da escola.
Só que como passa todo o tempo fora, no camião,
não pode resolver a maior parte dos assuntos.
Tem de ser a mãe que, embora doente,
dá bem conta da bruxa da Rosário.
Desde que falaram as duas fechadas na sala de aula,
nunca mais apanhei na escola.

Dá-me ideia que a professora começou a desprezar-me um pouco.
Praticamente não olha para mim e diz-me coisas desagradáveis.
Não deve ser fácil ser desautorizado.

Só depois do pai dizer por telemóvel que não tinha para onde ir ou onde se agarrar, é que percebi o beco em que, também ele, se encontrava. Quando se cresce rodeado de adultos inaptos — pais adolescentes vindos de famílias desestruturadas, tios com dependências tóxicas, avós alcoólicos ou com doenças psiquiátricas —, cedo se aceita que nunca se atingirá estabilidade de ascendência genealógica. Não há um único paradigma de solidez. Cresce-se no desenrascanço individual, com a crença de se conseguir sair bem sozinho. Não faz falta outrem. Há uma figura do folclore escandinavo conhecida por *troll*. Trata-se de uma criatura vinda do imaginário norueguês. Os *trolls* vivem na floresta, no mais profundo secretismo, e usam como lema de vida "basta-te a ti próprio". Ao que parece, tenho vivido tal e qual um *troll*. Esgueirando-me do labirinto familiar, omitindo os aguçados fiordes que flanqueiam a minha existência.

Aos quarenta, aceitei que há pessoas más
e comecei a usar ao pescoço o crucifixo do pai.
Não por acreditar que o pendente mínimo de ouro me vá proteger,
é só porque é bonito e lembra-me o pai no Verão quando era novo —
andava de chinelos e em tronco nu no pátio, a varrer o lixo à mangueirada.
O pendente em forma de cruz resplandecia no peito iluminando-lhe a cara,
e eu acreditava na bondade.
Não sei precisar quando é que o pai deixou de usar o pendente.
Sei que nunca acreditou em Deus, tal como eu;
gosta apenas da imagem da cruz.
O crucifixo que coloquei numa argola, ao estilo da Madonna dos anos 80,

lembra-me que tenho um bom pai. Calhou-me por pai um homem bom.
E não me sinto tão só, é isso.

O fio com a cruz e a aliança — as únicas jóias do pai.
A mãe tem brincos, anéis e pulseiras com pendentes,
só que, tirando a aliança, é tudo em prata.

Furei as orelhas há uns meses.
São uns pequenos brincos de aço antialérgico, com uma pedra verde.
O senhor da ourivesaria, que me perfurou os lóbulos à pistola sem piedade,
disse-me para rodar os brincos várias vezes ao dia, e é o que tenho feito,
mas a parte inferior das orelhas começa a doer quando o faço
e dá-me ideia, espreitando ao espelho da casa de banho, que está infectado.
Não sei se se pode morrer com uma infecção nos lóbulos,
de maneira que não disse nada à mãe para não a preocupar
e comecei a ir até à igreja, e a pedir a Deus que me salve.
Dantes entrava no templo para investigar a missa. Pura curiosidade.
Perdia o interesse em poucos minutos,
não entendia praticamente nada do que lá se dizia
nem porque não me deixavam comer a rodela fininha de pão.
As orações pareciam tão complexas como aprender uma língua estrangeira,
mas o pior não era isso,
sentia sempre um peso enorme nas pessoas que frequentavam a igreja.
Pareciam abatidas ou tristes, e tudo o que diziam,
cantavam ou faziam parecia agastá-las ainda mais.
Quando comecei a entrar na igreja para rogar a Deus pelas minhas orelhas,
pude finalmente entender o desespero de se esperar atenção num pedido.
É que, por mais que pedisse, não encontrava nenhum apaziguamento,
e então pedia muitas vezes, tantas quantas conseguia.
Pude então ler, com correcção, os rostos agastados daqueles pedintes que,

tal como eu, recebiam silêncio em vez de uma resposta.
Na verdade, é uma sorte morar ao lado de uma igreja.
Posso lá entrar e rogar todas as vezes que me apetecer.
Basta sair de casa, percorrer o corredor do pátio,
passar a porta grande de madeira e pronto —
directamente no largo da igreja.
Não tive uma resposta audível ao meu pedido,
mas a infecção passou com as orações inventadas.
Talvez a água oxigenada que fui deitando nos lóbulos todas as noites
também tenha ajudado.

Fui obrigada a ir para a catequese; é uma condição dos escuteiros.
Quem sugeriu à mãe a minha entrada para o
agrupamento foi o pai do Joãozinho.
Os pais do João têm boas profissões, estudaram na faculdade,
e, por isso, oferecem-lhe brinquedos genuínos,
os que aparecem nos anúncios na televisão.
A maior parte dos meus colegas é como eu,
têm de se contentar com as falsificações que os pais compram,
ainda assim, a grande custo.

Já tive várias imitações da Barbie, nunca tive nenhuma verdadeira.
A mãe diz que são iguais, mas é mentira.
A Cláudia Alexandra tem uma Barbie bailarina original —
o cabelo é de boa qualidade, é mesmo impressionante o brilho que tem.
O pai disse-me que talvez no próximo Natal
me consiga comprar uma Barbie.
Não me importo de ter bonecas falsas, na
verdade ligo pouco aos brinquedos,
prefiro jogos de rua e andar de bicicleta.

É claro que adorava receber uma Barbie verdadeira;
quando olho para a da Cláudia Alexandra
dá-me a sensação de que se um dia tiver uma boneca a sério,
serei tão bonita quanto ela.
A Cláudia Alexandra é parecida com a Barbie —
tem o cabelo comprido e loiro, e é a favorita da professora.
Toda a gente sabe que o Joãozinho está apaixonado por mim.
A professora Rosário testou-o em voz alta na sala.
Devias era gostar da Cláudia Alexandra. É mais bonita do que a Patrícia.
O Joãozinho não disse nada. Calei-me também.
Sei que não sou bonita, mas não preciso de ser
humilhada à frente dos colegas.
Foi mesmo desagradável. As pessoas más dizem coisas feias de propósito.
É que eu apesar de não ser bonita e de ter o
cabelo bem curto como um rapaz,
nunca tive problemas em arranjar namorado.
Sou despachada e esperta.
Penso que não há nada, desde que me ensinem, que eu não consiga fazer.
Por isso, quando o pai do João propôs a minha entrada para os escuteiros,
senti que ia para o sítio certo — juntar-me-ia a outras crianças aventureiras.
O único problema, como disse, era ter de frequentar a catequese
na igreja mesmo ao lado de casa.
A freira Graça mete respeito, dizia-me que se faltasse à catequese
ou não lesse o Novo Testamento, Jesus iria castigar-me.

Tive vários amigos e familiares bons na infância
— que me asseguraram a inocência e alegria diárias.
A Sara, minha companheira de aventuras, uma menina preta,
paupérrima, cuja mãe a deixou aos cuidados de uma avó emprestada,
uma velhota branca: a Dona Efigénia. Lembrei-me da avó da Sara, agora,

porque o jardim da casa onde vivo, hoje, aos quarenta, tem várias Efigénias
ao longo do muro. São árvores esguias e bonitas.
A nossa casa — minha e da minha filha —
ainda se encontra em nome conjunto, meu e do pai da menina.
Foi ele quem plantou as Efigénias, depois da nossa separação.

Mais pessoas mesmo boas da infância?
A tia Victória, por exemplo, que ficou comigo um par de anos
durante o trabalho da mãe.
A tia era a pessoa mais bem-disposta do Pragal.
Tinha um repertório inimaginável de anedotas, muito ordinárias,
que me faziam rir tanto, até doer a barriga,
mais pela maneira como as contava do que pelas piadas.
A maior parte eram graçolas próprias para adultos.
A tia arregalava muito os olhos quando as contava,
fazendo ar de me estar a revelar algo secreto,
e sussurrava tudo para, no final da piada,
desmanchar a personagem secreta e rir com a boca tão aberta que,
às vezes, desencaixava a placa dentária.

O meu pai, uma figura meio ausente,
quando estava em casa falava pouquíssimo,
mas dava-nos atenção, a mim e à mãe. Ouvia com satisfação as histórias
que ocorriam na sua ausência e não partilhava
quase nada. Escutava mesmo.
E eu sentia que ele gostava de nós. Apesar de nos ver tão pouco.
A Daniela, uma miúda muito querida, que tinha uma infindável
colecção de borrachas com cheirinho a frutas,
e blocos igualmente cheirosos e lindos.
A mãe dela era dona de uma papelaria.

Brincar com a Daniela dava-me a sensação de pertencer a uma elite.
É que ela só me emprestava a mim as borrachas e os blocos.
Escolhia-me, e era boa a sensação.

A pior coisa na doença da mãe é, além de chorar muito,
ter medo de ficar sozinha comigo.
Já a ouvi dizer ao pai que não é capaz.
Deve ser por isso que toma tantos comprimidos —
para ser capaz de exercer a maternidade.
Também não parece importar-se com nada a sério, a não ser com o pai.
A única coisa que lhe interessa é a data em que ele regressa de viagem.
Não entendo porque é que ao fim de um ou dois dias do pai voltar,
começa a discutir com ele.
Tem ciúmes. Diz que o pai tem amantes no estrangeiro
ou até outra família, quem sabe.
Às vezes, a mãe grita tão alto e enerva-se tanto
com o facto de ele negar as traições imaginárias,
que acaba por lhe fazer mal. Despeja-lhe copos de água na cabeça.
E até já lhe deu uma estalada.
O pai não reage. Não diz nada. Deixa-se ficar imóvel,
com a água a escorrer-lhe pela cara abaixo até ao peito.
Depois, e com calma, entra na casa de banho, corre a cortina de *nylon*
e eu vejo-lhe a sombra — limpa-se devagar com a toalha turca.
Nunca o vi ser indelicado com a mãe.
Nestes momentos de crise, nunca se excede na sintaxe.
— Estás enganada, não te traio. Nunca te trai.
Não entendo como não se enerva a sério.
Sinto pena da cara do pai, tristíssima, pingando água canalizada.

À noite estamos todos em casa e não têm sítio para onde ir discutir.
Não há nenhum espaço de intimidade nesta casa.
Não há portas sequer.
A única saída seria levarem os arrufos para a rua.
Ainda não atingiram esse nível, como a Adelaide e o Zé.
Nos dias de pancadaria, a Adelaide ou se fecha no quarto
(ao contrário de nós têm portas) ou vem para o corredor do pátio berrar
— Acudam! Este bandido vai-me matar!
Nunca lhe abrimos a porta ou a acolhemos nestas horas,
acho que lhe devíamos isso, uma vez que nos cede o telefone.
Quem lhe abre a porta é a Ti Cacilda.
Tem dó da Adelaide e deixa-a ficar em sua casa
até o marido se acalmar e adormecer.
Gostava de gostar da Adelaide porque é doente como a mãe,
só que tem os dentes podres e eu não gosto disso.

Só soube que éramos miseráveis mais tarde na vida. Quando fui mãe, percebi com claridade a lacuna que trazia da infância — crescer com uma cuidadora inapta. A sua inaptidão trouxe, porém, um perfeccionismo exacerbado às minhas tarefas maternas. Sentia que não podia falhar — da práxis ao afecto. Mesmo após a sabotagem feita pelo meu ex-marido, acreditei que não podiam roubar-me a infância duas vezes. A minha e a da minha filha. Separámo-nos por razões que preferia que tivessem sido só nossas, mas que foram do conhecimento público. Foi tudo tão inusitado que não tive tempo de pensar na grande cambalhota que dera a minha vida. A escrita salvou-me várias vezes de enlouquecer ou de morrer de tristeza. Devia vir escrito na cédula pessoal, logo a seguir ao nome, uma advertência como a dos maços de tabaco — A TRISTEZA MATA.

Por cima do lava-loiças há uma janela pequena que dá para o quintal
onde só cabe o tanque da roupa e o cão — um rafeiro de pêlo áspero.
O Pluto põe-se à espreita pela janela, assim que se faz luz.
Vê-me deitada no divã através da nesga na moldura de vidro. Nunca ladra.
É um animal observador de grande língua pendente.
O cão foi o primeiro a perceber que a mãe estava grávida.
Começou a andar colado às suas pernas, ao ponto de a fazer tropeçar.
Posso dizer que, por duas vezes na vida, tive o melhor cão do mundo.

CHAPADAS, TANTAS CHAPADAS.
A mãe começou a fazer barulho a respirar. Deve estar a ficar velha, não sei.
Nunca seria capaz de lhe dizer que parece um porco.
Educou-me bem, dou-lhe mérito.
Reconheço com clareza quem não quero ser.

NINGUÉM ME VAI AMAR PELA INTELIGÊNCIA.
Quando se tem menos de uma década de idade, amar é um verbo regular.

Sou invencível a pedalar a BMX pelo alcatrão,
ninguém me apanha, ninguém.
Dei uma grande queda no asfalto,
quase me desfez metade da perna direita — uma ferida mesmo feia.
Vi bocados de alcatrão dentro da carne,
abaixo do joelho, misturados com sangue.
Tive nojo. Mas não foi tão grave como da vez que caí de costas
em cima de um monte de entulho e espetei o pulso num azulejo afiado.
A CICATRIZ.
Uma cicatriz longe da morte, amo descomedidamente a vida.
Não tenho vocação para me causar acidentes.
Não tenho vocação para a infelicidade.

O pai construiu um barracão em cima de um antigo poço tapado —
dois quartos, separados por uma cortina de pano.
O tecto foi forrado a esferovite.
Ouvem-se os ratos de noite, as patinhas a pisar o forro,
mesmo por cima das nossas cabeças.
Não ficciono, digo a verdade. Aconteceu assim connosco.
A mãe tem medo. Do poço e dos ratos.
O meu divã está em cima do poço tapado.
Também tenho medo, não muito, mas não digo.
GUARDO.
E, por vezes, sonho que o poço me engole e que desapareço.

Nas hortas junto à igreja a terra dá frutas e legumes.
Salto a cerca e levo-os. A comida roubada tem outro sabor.
Somos pobres mas, felizmente, nunca passei fome.
Não há bolos, gelados ou sumos, o pai diz que
já é bom termos o que comer.

— Não faças barulho a respirar, diz a mãe,
enquanto tento sobreviver sem fôlego.
Há muitos barulhos que incomodam a mãe. E movimentos também.
Quando mexo os pés a ver televisão. Ou torço
os pulsos por me sentir nervosa.
A mãe não quer. Repreende-me a toda a hora.
Levo pancada por causa disto. Não
consigo existir sem som ou movimento. É
impossível ser invisível — já tentei.

Por pouco não ficámos ricos. No boletim do
Totoloto, a mãe errou apenas um número.

O três em vez do nove. A mãe contou-me que o três é o meu número.
Parece que o meu número nos deu pouca sorte.
O segundo prémio — o que nos saiu —
deu para comprar o primeiro televisor a cores.
Um Philips. A mãe diz que é a marca que tem o melhor colorido.
E tem razão; é tudo tão vívido e brilhante,
sou capaz de passar horas a olhar para o ecrã.
Até tenho visto os jogos de futebol do México 86.
O verde da relva é mesmo lindo.

O pai inscreveu-nos no concurso público para ganharmos uma casa.
Tenho rezado antes de ir dormir.
Prometi a Deus a minha perna direita em
troca de uma casa no bairro social.
Penso que a mãe deixaria de chorar se tivéssemos uma casa a sério.
Rezei por vários meses, todas as noites, até saírem os resultados.
PERDEMOS.
E eu continuo com duas pernas e uma mãe triste.
Deixei de acreditar que Deus nos ouve, talvez
não passe de um velho mouco.
Quem me dera ensurdecer para não ouvir os pais de noite.

O terapeuta diz que tento domar o dragão. Só que o dragão é um sedutor que não quer ser domado. Também me diz que tenho de ir resgatar a minha menina aos anos 80. Fala em solidão profunda, mas eu não concordo. Os pais estavam lá, comigo. Estávamos todos sozinhos. Cada um com as suas coisas. A mãe ocupada com a doença, o pai no estrangeiro, ocupado a ganhar dinheiro, e eu a tentar não estorvar com a minha presença. Todos fizemos o melhor que podíamos, ninguém tem culpa. Não há ninguém para resgatar, nunca estive em perigo.

A casa da Sara fica numa rua abaixo da nossa,
e é tão ou mais pobre do que a nossa.
A avó Efigénia, uma velhota sem meios,
que a salvou de uma família negligente e numerosa,
recebe latas de leite em pó de uma associação de caridade.
Nunca percebi porque lhe dão leite em pó
quando sabem que tem em casa uma criança com sete anos.
A alimentação da Sara é feita à base de sopa de legumes,
é o que a reforma da avó permite comprar, e leite de lata.
Recebem tantas embalagens da associação que
vão-se acumulando na pequena sala do claustrofóbico rés-do-chão.
A avó pede para lhes darmos vazão
e nós, à hora do lanche,
desbastamos as embalagens com grandes colheradas de sopa,
muitas vezes até nos engasgarmos com o pó.
Não é fácil comer leite em pó sem sufocarmos.
Também brincamos com as nossas Barbies contrafeitas,
em cima da cama da Sara, que tem sempre a mesma colcha.
Não há luz exterior, nem uma janela,
e a iluminação amarelada vem de uma lâmpada
sem candeeiro presa ao tecto.
Cheira a bolor, mas não tem mal. O quarto dela tem apenas
o tamanho de uma despensa comprida, só lá cabe a cama.
Também não tem portas, apenas uma cortina de tecido fino às flores.
Enquanto brincamos com as Barbies falsas, a avó Efigénia dorme a sesta.
Ouvimo-la ressonar. É muito velha, coitada, a Sara disse-me que tem
mais de cem anos e que tem de dormir durante o dia, ou então morre.
A Sara quer fazer de Ken e pede a minha boneca em casamento.
E logo partimos para a lua-de-mel. O hotel é
a almofada de fronha encardida.

A Sara diz que o Ken quer fazer filhos com a sua mulher, mas eu não quero.
Acabou a BRINCADEIRA.
Nunca se sabe por quem nos vamos apaixonar. Depois do
desgosto, veio uma mulher. Uma pessoa uma década mais
jovem. Trazia vestida uma camisola de alças branca com âncoras.
Pequenas âncoras azuis escuras. Não dançámos nessa noite.
Roubou-me o isqueiro que eu tinha trazido de Berlim,
onde se lia
FEUER.

Na nossa casa há muito amor, mas ninguém consegue cuspi-lo.
Estamos todos encerrados.
Eu bem tento abraçar a mãe com força, contar piadas,
dançar, mas nada parece tirá-la do escuro em que se encontra.
Os seus olhos estão tão obscurecidos que às vezes sinto medo,
espreito e é como se não estivesse pessoa nenhuma lá dentro.

Fingi que me partiu um pulso, foi a única forma de a parar.
Começou a bater-me nem sei porquê e estava a magoar-me.
Desatei aos gritos de dor fingida e a mãe começou a chorar.
Sei que não quer fazer-me mal. Parei logo com a fita.

Atiro carne guisada para trás do sofá-cama dos pais.
Atiro o pão com manteiga e o leite para o
contentor da rampa a caminho de casa.
Atiro batatas para os pés do colega da frente, à mesa da cantina.
Desfaço-me da comida. Deixo-a por todo o lado.
Uma velha foi fazer queixa à mãe. Vê-me todos os dias
a atirar o lanche intacto para o contentor do lixo.
Pareces uma menina FELIZ.

Talvez fosse um ataque à sua existência, diz o terapeuta.
Quero que me devolva o dinheiro e que se foda. Inútil raça de
terapeuta que nunca curou a mãe da tristeza e do medo.

Ninguém morre, não há desculpa para parar.
A Adelaide vira pacotes de tinto e aceita pancada do marido,
os filhos não tomam banho e tresandam a urina.
Não há ninguém feliz no pátio, nem uma só
alminha, talvez os cães se salvem.
Mas há uma figueira e os seus figos são carnudos e trincá-los traz alegria.
Subo para um banco debaixo dos frutos e apanho-os.
São leitosos. Os dedos ficam pegajosos.
Nunca esquecerei o cheiro a verde nos dedos.

Confesso que não rezei bem, apenas como sabia.
Que comi uma hóstia só para ver a que sabia,
mesmo sabendo que era preciso o crisma.
Que puxei o banco ao avô bêbedo quando se ia
a sentar e o fiz cair desamparado,
batendo com a cabeça no forno. Confesso que sempre achei que morreu
por minha culpa, quando faleceu anos mais tarde de embolia.
Confesso que não nasci bonita, para os pais terem orgulho,
e que bati com força ao Bruno porque cheirava mal da boca.
Confesso que não cuidei bem da colecção de latas de refrigerantes vazias,
e que, por isso, enferrujaram e tive de as deitar fora.
Confesso que não trato bem do cão nem da mãe, talvez Deus me castigue
por imaginar outra família. Confesso que sempre amei a que me calhou.

Diagnosticaram-me sonambulismo numa consulta de pediatria.
A mãe ainda ponderou que eu tivesse herdado os seus genes de loucura

quando me viu sentada no divã a meio da noite, de olhos bem abertos,
a dizer alto frases sem sentido. Levou-me ao
médico e ganhei um novo nome —
sonâmbula. Dos vários episódios inusitados
pela noite dentro, os pais confirmam
que o mais marcante — que teve tanto de perigoso como de cómico —
foi uma ida ao aquecedor junto ao sofá-cama, usando-o como bacio.
Os pais deram graças à estrambólica, mas prudente, acção de sonâmbula
por ter escolhido uma noite menos fria para ir urinar no calorífero,
ou provavelmente teria assado o rabo num irreversível curto-circuito fatal.
Os pais foram alertados pelo pediatra a não desenvolver diálogo
quando se me dava um desses episódios escanifobéticos.
Limitavam-se a levar-me pelo braço de volta ao divã.
Quando acordava não tinha nem uma migalha-memória do sucedido.
Tudo o que relatavam parecia inventado para gozar comigo.
Só anos mais tarde pude confirmar a veracidade do estranho fenómeno,
ao acordar de maillot na cama. Tinha ido deitar-me de pijama e acordar
pronta, voilà, para uma aula de ginástica, com sapatilhas e tudo, significava
que algo tinha sucedido durante a noite sem que eu o pudesse relatar.

Nos dias longos da infância, jogava à bola só com rapazes.
Era a única miúda com cabelo curto,
penso que fosse esse o consentimento para enturmar com os rufias.
Nunca me trataram como uma rapariga,
levava caneladas e murros com a mesma violência
que os rapazes aplicavam uns aos outros,
e eu também lhes chegava bem a roupa ao pêlo.
Não me distinguirem por ser rapariga e coroarem-me de nódoas negras
e feridas por todo o corpo, dava-me uma sensação de extremo privilégio.
Mas também brincava com as raparigas,

saltávamos ao elástico e ao Lima-Limão,
o parente pobre da Bota Botilde, a mascote do concurso televisivo 1,2,3,
apresentado por umas das figuras mais carismáticas da televisão portuguesa
que, anos mais tarde, se viu envolvido num seríssimo caso de pedofilia,
com direito a humilhação na imprensa e uma pena de prisão.

O Lima-Limão era um objecto igual à Bota Botilde, só que
em vez de uma bota roxa em plástico, tínhamos um limão.
O Lima-Limão, tal como o nome indica, consistia no dito fruto em plástico,
preso a um tubo de borracha preto, que
terminava numa argola feita para ser
enfiada no tornozelo, como uma pulseira de
pé. O objectivo era fazer circular
o tubo com o fruto cítrico, saltando por cima deste, tentando não tropeçar,
e fazendo o máximo de rotações possível. O preço entre a Bota e o Limão
era consideravelmente diferente. E o local de compra também.
O Limão podia comprar-se numa qualquer venda ambulante.
Não só os meus brinquedos, mas também o guarda-roupa
eram trazidos da feira de ciganos de Almada.
A mãe dizia que remexendo bem as montanhas de trapos
em cima das mesas improvisadas,
desbravávamos sempre alguma pechincha.
Só no Natal é que podíamos trazer um conjunto da Maconde,
uma loja de pronto a vestir, cujo estilo sempre achei duvidoso.
Nunca o disse para não ferir o gosto e o esforço da mãe em arranjar-me
uma roupa melhorzinha para a ocasião.

Quando fui ao casamento do tio Zé,
levei uns sapatos de verniz encarnados de fivela
que desencantámos na feira, num altíssimo monte de calcantes.

Apaixonei-me logo por eles e quis por força trazê-los,
apesar de serem dois números abaixo do meu tamanho.
O que me fez passar toda a cerimónia e o copo-d'água
num estado de agonia, dadas as dores nos dedos dos pés
que não foram possíveis de disfarçar; ficaram registadas para sempre
no ar de desconforto expresso nas fotografias.

Tenho perdido muitas vezes, fracassado em diversas ocasiões. Não me sinto mais forte por isso, bem pelo contrário. Preferia ter sido apaparicada na viagem com excesso de ternura do que ir avançando por obrigação e aos empurrões. Não me lembro de um adulto me ter abraçado na infância. Queriam-me rija, queriam fazer-me forte para uma vida que se adivinhava difícil, tal como a dos meus antecessores. É compreensível, tendo em conta uma longa linhagem de desgraçados. Fui a segunda na família a entrar para a faculdade, a seguir ao meu primo Nuno, nove meses mais velho. E nessa ocasião tive direito ao cinismo parental. Resolvi ir a um café para telefonar para casa — tinha de discar o número no aparelho e pagar ao minuto —, logo após ter consultado os resultados no edital, em Setúbal, a confirmar o meu ingresso no curso de Letras. Estava convencida de que seria para todos uma boa nova. «Entrei para a faculdade que eu queria.» — sem ajudas, vinda de uma escola pública de subúrbio na Margem Sul. Estava tão orgulhosa. E fui recebida pelo escárnio. Não foi bonito de se ouvir, a voz a sair pelo auscultador, encostada ao meu ouvido. «Então vamos ter uma doutora na família? Agora é que não te vai caber uma agulha no rabo.» Não soube o que responder. Não gastei mais minutos no telefone do café. Não era barato e eu trabalhava nos hambúrgueres desde os dezasseis anos, fiz sempre questão de trabalhar e de pagar as minhas bijuterias. E de estudar, nunca desisti. Apanhei o autocarro no terminal de Setúbal e voltei para casa. Perdoei. Eles também deviam ter tido as mesmas oportunidades que eu, e não tiveram.

O pai enganou-se a registar o meu segundo nome.
Tinha combinado com a mãe que seria Marisa, Claudia Marisa.
Mas no caminho até à Conservatória trocou-o por Patrícia, sem querer,
e acabou por ficar assim — Claudia Patrícia.
A troca valeu-lhe várias discussões com a
mãe, espaçadas ao longo dos anos.
Nunca entendi porquê, nenhuma das opções era boa.
Também estive para me chamar Ana Michel.
Só que nessa altura, e felizmente para mim, não
deixavam registar nomes estrangeiros.
A opção que deram ao pai na Conservatória foi colocar Ana Micaela.
A verdade é que qualquer das hipóteses de nome escolhidas pelos meus pais teriam sido óptimas se eu tivesse seguido carreira na música pimba.

Não sei por que raio fui gostar de livros. No Pragal, tínhamos apenas quatro ou cinco livros na prateleira da sala. Antes de partir em viagem com o pai, resgatei um ao calhas da camada de pó com um dedo de altura. Uma edição do Círculo de Leitores, bastante maltratada apesar da capa dura. As Aventuras de Tom Sawyer, de Mark Twain. Não sabia do que se tratava, o pai disse-me apenas: «Sim, esse é bom para ti.» O primeiro livro inteirinho, mais de duzentas páginas de texto sem bonecos, lido numa viagem de camião com o meu pai até Hamburgo. A leitura era intercalada por longas sessões de improviso a cantar ao espelho do retrovisor enorme do camião, com as janelas abertas e cabelos ao vento — observada pelo olhar de soslaio do pai, respeitando a intimidade da criação da artista — e por longas e profundas sestas, embaladas pelo som do motor e pelo balanço do camião em andamento. Fui tão feliz nesses dias.

Defender o pai, a mãe, os amigos,
sobretudo a Sara que, por ser preta, é gozada na escola.

Defender todos os que amo — os meus cães mortos,
a minha filha, o nosso gato.

Ver a minha cara pela primeira vez ao espelho aos seis anos (!).
Antes dos óculos, o mundo desfocado.
Antes dos óculos, eu era arrapazada e perfeita.
Antes dos óculos, não assistia ao choro da mãe, só ouvia.
A casa não se mostrava tão pobre e feia e suja.
E eu podia imaginar tudo bonito.
ANTES DE MIM.

Nenhuma criança obrigada a ser adulta tem culpa.
Espero ser perdoada.

Comigo no genuflexório — Anne dos Cabelos Ruivos, Madonna, Mark Twain, Bambi, Melville, Jesus, Plath, Bach e Sexton.

Cláudia Lucas Chéu
Portugal (1978)

Tem publicados os textos para cena *Glória ou como Penélope Morreu de Tédio*; *Violência — fetiche do homem bom*, pelas edições Bicho-do-Mato/Teatro Nacional D. Maria II; *A Cabeça Muda*, pela Cama de Gato Edições; *Veneno* (Colecção Curtas da Nova Dramaturgia), Edições Guilhotina, 2015. Em prosa poética, publicou o livro *Nojo* (2014), (não) edições. E em poesia, o livro *Trespasse*, Edições Guilhotina, 2014 e *Pornographia* (poesia), Editora Labirinto, 2016. Em 2017, foi publicado o seu livro *Ratazanas* (poesia), pela Selo Demónio Negro, em São Paulo (Brasil). Publicou, em 2018, o seu primeiro romance *Aqueles Que Vão Morrer*, Editora Labirinto, e *Beber Pela Garrafa* (poesia), pela Companhia das Ilhas. Em 2019, foi editado *A Mulher-Bala e outros contos*, Editora Labirinto. É mãe. Vive mal sem caminhadas, Bach e batatas fritas.

Esta obra foi composta em Minion Pro e
impressa em papel pólen bold 90 g/m² para
a Editora Reformatório, em abril de 2022.